Otto Erich Hartleben

Angele

Komödie

Otto Erich Hartleben

Angele
Komödie

ISBN/EAN: 9783744637534

Hergestellt in Europa, USA, Kanada, Australien, Japan

Cover: Foto ©Andreas Hilbeck / pixelio.de

Weitere Bücher finden Sie auf **www.hansebooks.com**

Otto Erich Hartleben.

Angele.

Comödie.

„Verachte das Weib!"

———————

Berlin.

S. Fischer, Verlag.

1891.

Den Bühnen gegenüber Manuscript.

„— und wie viel feine Freude, wie viel Geduld, wie viel Gütigkeit selbst verdanken wir gerade unserm Verachten! Zudem sind wir damit die „Auserwählten Gottes": Das feine Verachten ist unser Geschmack und Vorrecht, unsre Kunst, unsre Tugend vielleicht ..."

„Fröhliche Wissenschaft".

Personen.

Carl Brandes, Rentier.
Victor Brandes, sein Sohn, Referendar.
Angele Buchwald.
Franz Kerner, Predigtamtscandidat.
Fritz, Diener bei Brandes.
Zwei Dienstmänner.

Ort: Berlin W. — Zeit: Gegenwart.

Erster Act.

Scene für beide Acte:

Victors Arbeitszimmer. Sehr elegant, weichlich luxuriös. Im Hintergrunde, rechts und links je eine Flügelthür. Dazwischen ein großer Ofen. An der linken Seite ein breites Erkerfenster. Vor demselben ein freistehender Schreibtisch. Rechts Sopha, Tisch und Sessel. Ueber dem Sopha das lebensgroße Oelbild einer jungen, schönen Frau in der Mode der sechziger Jahre.

Fritz (servirt schweigend den Kaffee auf dem Sophatisch rechts. Er schleicht darauf an die Thür links und horcht. Stummes Spiel: er zieht sich leise wieder zurück, giebt ein lautes Klingelzeichen und geht, mit dem Blick auf die Thür links, schnell ab.)

Victor (öffnet die Thür links und sieht ins Zimmer. Dann tritt er ein und ruft zurück:) All right! (Er geht zur Thür rechts und schließt dieselbe ab.) So. — Du kannst erscheinen, Angele!

Angele (fertig bis auf die Taille angekleidet, von links.)

Victor (küßt ihr mit tiefer formeller Verbeugung die Hand:) Guten Morgen, mein allergnädigstes Fräulein!

Angele (fröstelnd:) Ach, aber es ist noch kalt hier. Ich will doch lieber meine Taille anziehn — ja?

Victor. O nein! O bitte nein! Deine Arme ... Könntest Du ahnen Kind, wie ich Deine Arme liebe! (Er faßt sie um die Taille und führt sie nach vorn:) Komm! Wie soll mir der Kaffee schmecken, wenn Du ihn nicht so mit Deinen schönen, weißen ..

Angele (lächelnd:) Schon wieder galant?

Victor. Komm nur! Es wird gleich wärmer werden. Der Esel, der Fritz hat natürlich wieder zu spät geheizt.

(Sie läßt sich zum Sophatisch führen:) So! Und nun setz Dich! Warte! Damit Du nicht frierst, werd' ich Dir Dein Tuch holen. (Eilt links ab.)

Angele (bleibt vor dem Sophatisch stehen. Ihr Blick ist auf das Bild über dem Sopha gefallen. Sie betrachtet es unbeweglich.)

Victor (kommt zurück, naht sich leise und küßt sie von hinten auf die Schulter. Dann legt er ihr das Tuch um:) Nun?

Angele (ohne sich zu regen:) Ist das Deine Mutter?

Victor (erstaunt:) Ja . . .

Angele (in Gedanken:) Sie ist sehr schön .. sehr schön. Und sie sieht so lustig aus. Hast Du sie noch gekannt?

Victor. Nein. Sie starb, als ich zwei Jahr alt war.

Angele (sich nach ihm umwendend:) Weshalb hängt das Bild nicht im Zimmer Deines Vaters?

Victor. Weshalb das Bild nicht . . . Ich weiß nicht. Vielleicht . . . Nämlich mein Vater ist eigentlich riesig sentimental.

Angele. Ach so. Aber ich denke es wäre so'n Lebe= mann?

Victor. Auch, ja. Faute de mieux vielleicht.

Angele. Das versteh ich nicht. —

Victor. Aber nun komm, Kind. Der Kaffee wird ja kalt. Setz Dich ins Sopha.

Angele (setzt sich in die Sophaecke, vorn, dem Publikum zu, und schenkt Kaffee ein.)

Victor (ihr gegenüber auf einem Stuhl:) Danke schön. Siehst Du, Angele, so liebe ich nun die Hausfrau! Die Geliebte, welche die Hausfrau spielt. Aber sonst — brr! — sonst rangirt sie in meinen Vorstellungen gleich nach der Schwieger= mutter.

Angele (ohne auf ihn zu hören, nachdenklich:) Lebte Dein Vater glücklich mit Deiner Mutter?

Victor (befremdet:) Wie?

Angele. Ich meine ... Dein Vater hat Deine Mutter wohl sehr lieb gehabt?

Victor. Aber Kind! Was sind das für Einfälle! Selbstverständlich, das heißt: ich habe nie darüber nachgedacht, aber — auch nie daran gezweifelt. Wie kommst Du aber nur darauf?

Angele. Ich weiß nicht. —

Victor. Na — aber lassen wir das. — Ach, ich bin müde ... (Er gähnt.)

Angele (mit einem kurzen Blick auf ihn:) „Müde." Hm. —

Victor. Kind, ich bin doch eigentlich furchtbar leicht= sinnig.

Angele. Wieso?

Victor. Ich hätte Dir das nicht versprechen dürfen.

Angele (verächtlich:) Ah so ...

Victor. Kind, bedenke mal: Zweihundertundfünfzig! Es ist sträflich viel für meine Verhältnisse. Solltest Du —

Angele. Aber nicht für Dein Verhältnis.

Victor. Nein, im Ernst, Schatz ...

Angele. Ach bitte, wollen wir doch lieber endlich mal davon aufhören — ja? Es ist wirklich nicht mehr interessant. Wozu hast Du denn Deinen Vater.

Victor. Das ist Unsinn, liebes Kind. Ich bekomme von ihm meine fünfhundert Mark und damit gut. Ich ...

Angele. Und freie Station.

Victor. Und zweihundertfünfzig sind genau die Hälfte.

Angele. Jawohl, genau. Nicht einmal die — bessere Hälfte. Also sagen wir dreihundert.

Victor. Um Gotteswillen!

Angele. Also bitte nun kein Wort mehr davon.

(Schweigen. Victor setzt sich neben sie ins Sopha und reicht ihr die Hand. Sie nimmt sie nicht.)

Victor. Du bist doch nicht böse, Kind? — — Angele. Du weißt doch: am liebsten hielt' ich Dir Wagen und Pferde ..!

Alles .. aber, siehst Du .. ich muß mich doch nach meinen Mitteln richten.

Angele. Ein Wort an Deinen Vater!

Victor. Niemals!

Angele. Weshalb nicht?

Victor. Du weißt es.

Angele. Nein.

Victor. Angele: Du weißt es. Um Deinetwillen werde ich ihn nie um einen Pfennig bitten. Mein Vater ist Kaufmann und Lebemann. Er weiß, was Geld ist. Er weiß, was Weiber sind. Wenn er erst anfängt zu calculieren, daß eigentlich er seinem Sohne ...

Angele. Victor!

Victor. Nun ja. Ich weiß, wie er denkt. Und glaube mir, er denkt schon jetzt so. Dieses väterliche Wohlwollen gegen Dich .. meinst Du denn —

Angele (lachend:) Er ist eifersüchtig auf Papa!

Victor. Ich kenne ihn. Er und die Weiber! Und er hat ein Glück!

Angele. Er ist der Vater seines Sohnes .. nicht wahr?

Victor. O nein! Durchaus nicht.

Angele. Nicht?

Victor. Nun ja .. das heißt ...

Angele. Aber lieber Victor!

Victor. Du suchst das nun wieder ins Lächerliche zu ziehn.

Angele. Gewiß! Und mit Recht! Es ist doch auch nur komisch ...

Victor. Meine Eifersucht?

Angele. Ja, und auch die Liebenswürdigkeiten vom Papa. Der wohlwollende Herr der mir so väterlich die Haare streichelt ...

Victor. Und dann das Töchterchen fragt: „Nun, was

machen Sie denn, mein liebes Kind? Haben Sie gut ge=
schlafen? Ach, der Alte . . . (Er lacht.)

Angele (ebenfalls lachend:) Nun ja, ist das denn nicht
reizend?
(Es klopft.)

Victor. Horch! (laut:) Wer ist da? (zu Angele:) Du sollst
sehn: er.

Carl (hinter der Thür rechts:) Guten Morgen, Victor!

Angele (lacht übermütig und hell auf.)

Victor (ärgerlich:) Richtig! Es ist doch wirklich . . .

Carl. Kann ich eintreten?

Victor (zögernd:) Jetzt gleich?

Angele (eifrig, halblaut:) Natürlich! Natürlich!

Victor. Aber Kind, Du bist ja noch im Corsett.

Angele. Ach, ich habe ja mein Tuch um. Mach doch!

Carl. Aber wenn ich störe . . .

Victor. Gleich Papa!

(Er schließt die Thür auf, die beiden sehen sich an und reichen sich dann die Hand.)

Carl. Guten Morgen.

Victor. Guten Morgen.

Carl (geht langsam nach vorn. Angele ist ruhig in ihrer Sophaecke
sitzen geblieben.) Guten Morgen, Fräulein Schwiegertochter.
(küßt ihr die Hand.)

Angele. Guten Tag, Herr Brandes!

Carl. Nun? Wie geht es Ihnen, mein liebes Kind?

Angele. Danke sehr.

Carl (ihr das Haar streichelnd:) Und haben Sie diese Nacht
gut geschlafen?

Angele und Victor (lachen laut auf.)

Carl (beide erstaunt ansehend:) Die Herrschaften amüsieren
sich? Ich hörte schon draußen ein fröhliches Gelächter. Darf
man nach der Ursache dieser erfreulichen Heiterkeit fragen?

Victor (klopft seinen Vater auf die Schulter. Malitiös:) Papa,
Du glaubst gar nicht, wie komisch Du bist.

Carl. Also ich mache Euch diese Freude! —
(Mit diesen Worten rückt er den Sessel, welcher sich vorn — von der Rampe
aus — neben dem Sopha befindet, so herum, daß er dem Sopha vis à vis zu
stehen kommt und setzt sich so nah Angele gegenüber, daß sich beide fast mit den
Knien berühren.

Angele (coquett:) Und es ist doch so unrecht von mir,
daß ich lache. Ich sollte vielmehr gerührt sein durch die —
väterliche Freundlichkeit, die Sie mir erweisen.

Victor (brutal:) Sehr gut!

Carl (fein:) Ah .. mein liebes Fräulein! Sie machen
mich zum Glücklichsten der Sterblichen, wenn Sie mich er=
raten lassen, daß Sie ernstliche Zweifel hegen an der —
Väterlichkeit meiner Gefühle für Sie.

Angele. Ah . . .

Carl (sich zu ihr vorbeugend, leise:) So darf ich Ihre Ironie
doch deuten . . wie?

Victor (laut, grob:) Trinkst du noch 'ne Tasse Kaffee,
Papa?

Carl (gestört:) Wie meinst Du?

Victor. Ob Du noch eine Tasse Kaffee trinkst?

Carl. Ich danke Dir, mein Sohn. Ich bin leider schon
vier Stunden auf den Beinen.

Angele. Leider?

Carl (wie eben, leise). Ja — leider! Wenn ich mich in
die glückliche Lage meines beneidenswerten Sohnes versetze ..

Victor. Oder vielleicht einen Cognac?

Carl (richtet sich auf und sieht ihn unwillig an — dann ruhig:) Cognac.
O ja. Weshalb nicht. Sie trinken gewiß ein Glas mit,
Angele — ach, Sie erlauben doch, daß ich Sie so schlechtweg
Angele nenne — wie? Es ist ein so schöner, so bezeichnender
Name, es wird einem so himmlisch wohl . . . Und — wenn
Sie auch nicht an meine väterlichen Gefühle glauben, so
werden Sie doch deshalb gewiß nicht annehmen, daß ich über=
haupt keiner Gefühle für Sie fähig wäre. Nicht wahr, meine
liebe Angele?

Angele (nicht ihm zu.)

Victor (indem er den Cognac eingießt, wütend:) Hör' mal, Papa — Du — mußt mal sehr jung gewesen sein.

Carl (aufrichtig:) Ja, das ist wahr, Victor. Wenigstens als ich so jung war, wie Du jetzt, war ich noch sehr viel weniger — alt.

Victor. Was soll das heißen?

Carl. Aber das läßt sich doch kaum deutlicher sagen. In Deinem hoffnungsvollen Alter war ich eben bedeutend jünger als Du.

Angele. Darf ich wissen, wie alt Sie sind, Herr Brandes?

Victor. Sei nicht so boshaft, Angele.

Carl. Angele ist nicht boshaft. — Jawohl — Sie dürfen das wissen, mein Kind. Ich bin zweiundfünfzig.

Angele (ernsthaft:) Sie sehen jünger aus.

Carl. Leider — ja. Man glaubt mir nicht, daß ich für gewisse Thorheiten doch schon zu alt bin.

Victor (grob:) Wirklich?

Angele (gleichzeitig, coquett:) Wirklich?

Carl (gelassen:) Ja, wirklich, mein lieber Victor. — Na, Prosit, Kinder: auf daß es uns wohl gehe und wir lange leben auf Erden!

(Sie nehmen den Cognac und berühren sich mit dem kleinen Finger.)

Angele (trinkt aus und stellt das Glas hin:) Verstehst Du, Victor? — „Du sollst Vater und Mutter ehren".

Carl. O fürchten Sie nichts, Angele. Der gute Victor zeigt sich zwar jetzt ein wenig von egoistischen Regungen übermannt, indes . . im Grunde verstehen wir uns vorzüglich. Nicht wahr, Victor?

Victor (antwortet nicht.)

Carl (beugt sich wieder nach Angele vor, leise und schnell:) Ich danke Ihnen übrigens, daß Sie Ihr Versprechen vom vorigen Sonntag gehalten haben.

Angele. Versprechen?

Carl. Nun ja — Ihre Arme ...

Victor (wütend:) Ja, weiß Gott — ich glaube, ich ver=
stehe Dich!

Carl (ruhig:) Sehen Sie. Da hören Sie's ja. Ja —
darüber können Sie ganz außer Sorge sein. Victor und ich
werden uns nie verunreinigen. Bei unserer gemeinschaftlichen
Junggesellenwirthschaft ist die Solidarität der Interessen zu
evident. Wir kennen uns — haben uns nichts vorzuwerfen
und sind ganz offen gegeneinander. Sie kennen doch die
hübsche Geschichte von den beiden Bauernfängern, die anein=
ander geraten? Beide glauben, einen von denen gefunden zu
haben, die nicht alle werden. Als aber der eine anfängt seine
Künste zu entfalten, sagt der andere freundlich: Entschuldigen
Sie mein Herr: ich fange selbst Bauer.

Angele (lacht allein, gezwungen.)

Victor (frostig:) Du bist zu gütig Papa — aber —

Carl (sieht ihn groß an. Er weicht seinem Blicke aus. Verlegenes
Schweigen. Pause.)

Angele, (um über die Verlegenheit hinwegzuhelfen:) Ach, da muß
ich Ihnen auch eine entzückende Geschichte erzählen. Die ist
mir selbst vor einigen Tagen passirt. (Mit einem Blick auf Carl:)
Aber es wird mir hier warm ... (Sie wirft ihr Tuch zurück.)

Carl (drückt ihr dankbar die Hand.)

Victor (stampft mit dem Fuße.)

Angele (unbeirrt:) Also ... Du weißt doch,
Victor .. vorigen Freitag war ich doch auf der Hochzeit
der Müllers. Die wohnen nämlich in der Etage über uns.
Da war auch ein Predigtamtscandidat ... Pre = digt = amts =
can = didat ... Schön, nicht wahr? Aber wissen Sie, Herr
Brandes, gar nicht so einer wie man ihn sich gewöhnlich
vorstellt. Denken Sie: rote Locken! Als er mich sah, bekam
er nun noch einen roten Kopf, — ach das sah reizend aus! —
Anfänglich wagte er sich nicht an mich heran. Aber ich glaube:

das war nicht aus Schüchternheit, denn er sah mich immer ganz groß an.

Carl. Und Sie erwiberten das mit gewissen — gewissen Blicken . . .

Angele (mit einem frech lüsternem Blick auf Carl:) Ja — Sie wissen Bescheid. Schließlich stellte ihn Frau Müller mir vor. Und nun raten Sie, was das erste Wort war, das er sagte?

Carl. „Ich liebe Sie!"

Angele. O nein, viel practischer. Er sagte: „Wie ich höre, Fräulein, sind Sie Kindergärtnerin".

Carl. Prachtvoll! Echt pastoral! Denkt gleich an die Nachkommenschaft. Sie sagten natürlich, daß das allerdings Ihr Beruf sei und daß Sie die Sorge für die kommende Generation zur Zeit bei dem Herrn Referendar Brandes übernommen hätten. Nicht wahr?

Angele. O nein, ich sagte ihm — die Wahrheit: ich sei leidergotts augenblicklich außer Stellung.

Carl. Angele! Sie — und außer Stellung! Das glaubt Ihnen nur ein Predigtamtscandidat. Aber bitte, fahren Sie fort.

Angele. Also darauf tanzten wir, und er wurde immer kühner. Schließlich setzte er mir auseinander, daß er begründete Aussicht habe, demnächst — eine Pfarre zu bekommen.

Carl. Hört! Hört!

Angele. Ah — da wurd' ich hellhörig: Aber leider — es war zu Ende. Er errötete wieder und schwieg.

Carl. Und Sie?

Angele. Ich . . nun, ich sprach von den Freuden des Landlebens. Und dann klagte ich. Ein alleinstehendes Mädchen in Berlin . . . Man wäre so vielen Gefahren, so mancherlei Anfechtung ausgesetzt . . .

Victor (bitter:) Armes Mädchen.

2

Angele. Beim Abschiede drückte er mir denn auch feurig die Hand, und mit feuchten Augen sagte er, so recht aus tiefem Herzen, wissen Sie, mit zuckenden Lippen: „Es hat mich sehr —

Carl (einfallend:) „.. gefreut Sie kennen zu lernen!" Was?

Angele (lachend:) Unglaublich! Woher wissen Sie das? — Aber dann setzte er noch mit fast erstickter Stimme hinzu: „Man sieht so selten reine und einfache Menschen."

Carl. Sie sind erkannt!

Victor (hat sich neben Angele anfs Sopha gesetzt:) Nun — und da?

Angele (spottend:) „Nun — und da?" Seitdem pflegt er mich Abends oft zu begleiten.

Victor. Wohin?

Angele. Zu Dir, wenn Du nichts dagegen hast.

Victor. Ah — (Will sie küssen.)

Carl und Angele. Pst! —

Angele. Sei artig.

Carl. Mach mich nicht rasend. In meinem Alter ist das gefährlich.

Victor (verbeißt seine Wut, verlegen:) Weiter.

Angele. Weiter nichts. Aber — er würde mich vom Fleck weg — heiraten.

Carl. Ein Gemütsmensch.

Victor. Es giebt immer noch mehr Verrückte, als man denkt.

Angele (feindselig:) Ich danke Dir.

Carl (gleichzeitig:) Aber Victor!

Angele. Du scheinst mich demnach wohl kaum heiraten zu wollen?

Victor. Aber liebes Kind! Du machst doch sonst bessere Scherze.

Angele. Scherze?

Victor. Nun ja . . Du haſt eben heute wieder Ein=
fälle wie ein altes Haus. Du weißt: ich habe Dich lieb —
Carl und Angele. Pſt! —

Victor. Was ſoll das heißen?

Carl (behaglich:) Oh . . wir wollen Dir nur die Mühe ſparen,
hier, jetzt Deinen Gefühlen „voll und ganz" Ausdruck zu
leihen. Ich perſönlich bin ein Feind jeglichen Luxus. Gieb
mir eine Cigarette.

Victor (reicht ihm ſein Etui.)

Angele. O Victor — Victor — Du ſtellſt es Dir zu
einfach vor. (Sich erhebend:) Ich muß jetzt gehn. — Bitte hol'
mir meine Sachen.

Carl. Aber nicht doch . . .

Angele. Ja . . ja, ich muß. Es iſt gleich Zwölf. Bitte.

Victor (ab nach links.)

Carl (haſtig:) Angele! Ich muß Sie ſprechen. Endlich
mal allein. Heute. Sagen Sie! Wann und wo? Schnell!

Angele (ebenſo:) Kommen Sie um Drei. Zu mir. Ich
bin allein.

Carl. Ah Du . . . Süßes Weib! (Er will ſie küſſen.)

Angele. Pſt. Er kommt. Er kommt.

Victor (kommt mit Angeles Sachen.) Wintertricot — was?

Angele. Jawohl.

Carl (betrachtet ſie, während ihr Victor beim Anziehen behülflich iſt.)
Wintertricot. — — Aber müſſen Sie denn wirklich ſchon gehn,
Fräulein Angele.

Angele. Leider, Herr Brandes. Was würde meine
Wirtin ſagen. Sie wartet auf mich mit dem Eſſen.

Carl. Und haben Sie denn einen weiten Weg? In
welcher Gegend wohnen Sie denn, wenn ich fragen darf?

Angele. Ach — hoch im Norden — Philippſtraße 26.

Victor (während er ihr den Mantel anzieht, ſieht ſich nach Carl um:)
Zwei Treppen, rechts. Damit Du's ganz genau weißt.

2*

Carl. Nun, da benutzen Sie wohl die Ringbahn bis zur Louisenstraße. Aber Fritz kann ja auch eine Droschke holen.

Angele. Zu gütig, Herr Brandes. Aber ich habe noch einige Besorgungen. (Sie reicht ihm die Hand.) Adieu! Es hat mich sehr gefreut —

Carl (ihr die Hand schüttelnd:) „Sie kennen zu lernen. Man sieht so selten reine und einfache Menschen." Auf Wieder= sehn! (Lachen.)

Angele (ebenfalls lachend:) Auf Wiedersehn!

Victor (öffnet ihr die Thür:) Bitte.

(Beide rechts ab.)

Carl (allein. Er geht schnell auf und ab.) Donnerwetter! — „Los den Anker! Das Steuer dem Strom! Den Winden Segel und Mast!" — Das ist mal wieder was! Teufel auch! (Er bleibt stehen, ruhig:) Hm. Also um Drei. Einen Schmuck kaufen .. um Zwei Essen .. Kutsche .. Philipp= straße 26, zwei Treppen, rechts. (Wieder gehend.) Weib — — Weib —

Victor (tritt wieder ein und geht zum Schreibtisch.)

Carl. Nun, ist sie fort?

Victor (mürrisch:) Allerdings.

Carl. Ein brillantes Geschöpf! Junge, Du hast, weiß Gott mehr Glück als — ich Verstand!

Victor. Ich wage Dir nicht zu widersprechen.

Carl. Herrliches Mädchen!

Victor (sich vor dem Schreibtisch niederlassend, so daß er dem Publicum und seinem Vater den Rücken kehrt.) Mein Gott, ja — sie scheint Dir ja ganz gut zu gefallen.

Carl. Na und ob! Den Geschmack scheinst Du doch von mir zu haben.

Victor. Den Geschmack — ja, das macht mir fast den Eindruck. (Er dreht sich schnell zu Carl um:) Ein Wort, Papa! aber Du mußt mir nicht böse sein. Ich muß Dir allen Ernstes gestehen, ich .. ich .. ich verstehe Dich einfach nicht. Jedesmal, wenn die Angele hier war, erscheinst Du des Morgens. Und immer früher. Anfangs traffst Du sie nur beim fortgehen — zufällig — auf dem Corridor. Nach einiger Zeit verirrtest Du Dich einmal — zufällig hierher, in mein Zimmer — ich glaube Du wolltest mich fragen, wo Wadelai liegt . . Seitdem haben wir fast regelmäßig die Ehre, Dich beim Frühstück zu begrüßen. Und zwar beglückst Du uns immer zeitiger. Heute war Angele noch nicht einmal fertig angezogen. Nächstens wirst Du . . . Es ist wirklich . . .

Carl (auflachend:) Ach Du zimperlicher Kerl!

Victor. Lieber Papa! Ich bitte Dich, die Sache auch einmal anders, als komisch auf Dich wirken zu lassen. Ich begreife Dich nicht, ich weiß gar nicht, was Du willst. Du mußt doch merken, daß mir, wenn Angele bei mir ist, Deine Anwesenheit in doppelter Weise peinlich ist. Einmal weil Du überhaupt ein Dritter bist

Carl. Ähä!

Victor. besonders aber deshalb, weil Du — mein Vater bist.

Carl. Wer? — Ich?

Victor. Nun ja — Du.

Carl. Hm. —

Victor. Siehst Du, ich besitze nicht die konsequente Schamlosigkeit, die Du bei mir vorauszusetzen scheinst. Das Ungeheuerliche einer solchen Situation, wie eben, empfinde ich höchst — höchst unangenehm. Es stört mich eben.

Carl (ironisch:) Läßt Du Dich schon wieder von Deinen egoistischen Regungen übermannen? So ein geringfügiges Gefühl der Störung zu ertragen, um seinem Vater eine große Freude zu gönnen — das bringst Du nicht fertig. Das — das „stört dich eben“.

Victor (energischer:) Papa! Wenn Du nicht ernsthaft mit mir über diese Sache sprechen willst — gut, dann schweigen wir. Aber dann möchte ich mir, meinerseits Dir zu bemerken erlauben, daß ich in Zukunft auf diese Morgenbesuche von Dir verzichte. Mit Deiner gütigen Erlaubniß werde ich Dir die Thür von nun an nicht mehr aufschließen. Mit einem Worte, wir werden uns nicht mehr von Dir stören lassen.

Carl (tritt ihm nach kurzem Schweigen näher. Scharf:) „Wir"? Sagtest Du: wir?

Victor. Allerdings.

Carl. Also: auch Angele — meinst Du — hätte eine Störung empfunden?

Victor. Ja — freilich. Eben auf der Treppe sagte sie noch: Du, der Alte fängt wirklich an lästig zu werden.

Carl (schlägt vor Vergnügen die Hände zusammen:) Ach das ist ja köstlich! Dieses Weib — weiß Gott, das ist allein schon zum Entzücken.

Victor (verblüfft:) Wieso denn? Zum Entzücken . . .

Carl. Victorchen! (Mitleidig:) Ach Victorchen, Du mußt — verliebt sein.

Victor (gereizt:) Ach bitte, antworte mir. Wieso . . wieso ist das zum Entzücken? Glaubst Du etwa nicht, daß Du ihr lästig gefallen bist? Bildest Du Dir vielleicht gar ein —

Carl (sanft:) Werde nicht abgeschmackt, Victor. Ich bilde mir gar nichts ein. Ich habe eben nur meine besondere Art, die Weiber — hochzuschätzen, und so kann es kommen, daß ich etwas an ihnen entzückend finde, was anderen vielleicht weniger extatische Gefühle abgewinnen würde. (Er legt Victor die Hand auf die Schulter, kameradschaftlich:) Lieber Junge! Wir wollen uns doch nicht gar wegen eines solchen Weibes zanken!

Victor, Eines solchen Weibes?

Carl. Nun ja — überhaupt wegen eines Weibes.

Victor. Es ist meine Geliebte.

Carl. „Geliebte!" Dieser Ausdruck! Ja —: liebst Du sie denn?

Victor. Lieben — was heißt „lieben". Heiraten werde ich sie nicht.

Carl. Ah — bravo! der Gedankengang war Deiner würdig. Nicht wahr: man heiratet — oder — man heiratet nicht. Das ist Alles. — Nun, siehst Du: ich — ich werde sie — auch nicht heiraten. Das ist aber auch wirklich das Einzige, was ich Dir mit einiger Bestimmtheit versprechen kann.

Victor (erregt:) Aber deshalb gehört Angele doch mir. Ich habe doch ein Recht auf sie — ich —

Carl. Pardon! Du wirst gewiß nicht bestreiten wollen, daß ich — wie soll ich sagen — wohlhabender bin, als Du. Also demnach, wenn man einmal von Rechten spricht — hätte ich doch wohl ein größeres „Recht" auf sie, als Du.

Victor. Wie? — Ach nun machst Du wieder schlechte Witze. — — Lieber Papa! Quäle mich doch nicht so! Ich weiß ja: ich kämpfe gegen Windmühlen. Es ist ja selbst= verständlich: Du denkst gar nicht daran, mir ernstlich ins Gehege zu kommen, Du willst eben ein pikantes Gespräch mit ihr .. ihre schlagfertige Coquetterie amüsirt Dich u. s. w. — Ich weiß das Alles — wozu mich aber so quälen und peinigen! Soviel kann Dir doch ernstlich nicht an dem Ge= plauder mit ihr liegen, daß Du darum solche gereizten Scenen zwischen uns heraufbeschwören müßtest, und es kann Dir doch unmöglich soviel auf diese Morgenvisiten ankommen, daß Du mich darum in die Versuchung führst, so .. so un= schicklich gegen Dich zu werden.

Carl. Wie seriös Du diese ganzen Verhältnisse nimmst — es ist unglaublich! Was ist denn eigentlich? Ein Mädchen, ein Weib, ein hübsch gebautes, nicht allzu langweiliges Ding — nun ja ... Aber das ist doch auch Alles. Oder weißt

Du noch mehr? Mein Gott, Du thust, als hätten wir noch niemals zusammen etwas ausgefressen, als ...

Victor (heftig aufspringend:) Halt! Jetzt bekennst Du aber Farbe! Jetzt heraus mit der Sprache! Was willst Du? Denkst Du wirklich daran —

Carl (laut, geärgert:) Zum Teufel: natürlich denke ich daran! Was denn sonst? Wofür hältst Du mich? Für einen Schuljungen oder für einen Greis? Meinst Du, ich wollte mich mit einem so strammen Mädel in Conversation üben? Haben will ich sie — natürlich will ich sie haben!

Victor (lehnt sich in dumpfem Schweigen an den Tisch.)

Carl. So sei doch nur für zwei Pfennig vorurteilslos. Du bist doch sonst nicht so atavistisch veranlagt. Es wär' doch zu lächerlich, wenn wir uns zanken wollten .. zanken — um ein Weib. Ich will es Dir ja nicht wegnehmen — Gott bewahre, denke gar nicht daran. Aber — na, sei kein Frosch! Wir sind seit Jahren gute Freunde — wollen wir uns wegen einer so dummen Sache entzweien? (Er reicht ihm die Hand:) Komm, gieb mir Deine Hand.

Victor (wie aus einer Erstarrung aufwachend, weicht ihm mit einer heftigen Geberde aus:) Niemals! Niemals! (Er geht nach rechts.) Du forderst zu viel, Papa — zu viel von mir. Ich kann das nicht mitmachen. Ich weiß nicht — schon jetzt erschrecke ich manchmal vor mir selbst .. meine Anschauungen, meine Grundsätze, mein ganzes sittliches Wesen tritt mir fremd, unheimlich fremd entgegen. Dann weiß ich nicht mehr, was aus mir geworden ist, wie ich das geworden bin ... Aber nun erst dies — dies ...

Carl (unterbricht ihn mit einer hastigen Bewegung. Dann nach einer Pause:) Verachte das Weib.

Victor. Du sagst das, Du — den ich kenne als so gütig, so edelmütig, so feinsinnig — Du sagst —

Carl. Verachte das Weib.

Victor (wendet sich, einem plötzlichen Einfalle folgend, lebhaft zu Carl um. Herausfordernd:) Und meine Mutter?

Carl (aufbrausend:) Mensch!

Victor (unbeirrt auf das Bild weisend:) Die da?!

Carl (außer sich:) Junge, nimm Dich in Acht! (Bitter:) Merkwürdig, wie Du die Pointe findest. (Kalt befehlend:) Schweige von Deiner Mutter! Ich rat es Dir. Zu Deinem Vorteil. In Deinem Interesse.

Victor. Siehst Du! Also schon die Erwähnung ihres Namens macht Dich rasend. Dich, der sich am liebsten den Anschein gäbe, als ob er —

Carl. O Du Schlaukopf! Schlaukopf! Nicht wahr? Und das edle Frauenbild Deiner Mutter im Herzen, sollte ich — o Du geistreichster der Menschen — sollte ich mich zu Tode schämen, so gering von ihrem Geschlecht zu denken!

Victor. Vater ...

Carl (tritt gegen das Bild vor und sieht zu ihm auf:) Eine schöne Frau! O ja! Sieh nur diesen Mund, dieses Lächeln. — Und eine kluge, o eine sehr kluge Frau! Sieh diese Augen, diesen Blick. Ja ja: das Bild ist gut. Ach und dieser feine spöttische Zug um Nase und Mund — so pikant, so fein, so selbstbewußt dabei ... O, sie war über Vieles hinaus, diese Frau ... über Vieles! (Mit völlig veränderter, unheimlicher Stimme, indem er noch immer starr auf das Bild schaut:) O Gott — dieses Bild würde mich töten, müßt ich es lange so anschaun. (Wendet sich mit einem plötzlichen, gewaltsamen Ruck ab. Befehlend:) Zum letzten Male: schweige mir von Deiner Mutter! Kein Wort mehr von ihr! Freu' Dich, wenn ich vergessen kann. (Er ist auf Victor losgegangen, dieser weicht unwillkürlich gegen das Fenster zurück.)

Victor. Was ist das? Bin ich verrückt! Was — Ha.. Teufel .. Du wagst es, mir — meine — meine Mutter zu beschimpfen .. Du .. Du .. (Er bringt außer sich auf ihn ein und packt ihn an.)

Carl (stößt ihn von sich, Victor taumelt zurück und sinkt in den Stuhl vorm Schreibtisch. Stolz aufgerichtet:) Geschmacklos! — Ich bin stärker als Du. Ich — war auch stärker als — Dein Vater. (Er geht langsam nach rechts ab.)

Victor (ist wie vernichtet im Stuhl zusammengesunken. Schweigen. Dann wie nach Luft ringend:) Also — — also — — (Tonlos:) Verachte das Weib — — (Pause.)

Carl (tritt mit Überzieher und Hut wieder ein. Gleichgültig:) Ich werde heut nicht mit Dir essen können. Es ist spät geworden. Ich habe eine Verabredung und vorher noch eine Besorgung. (Etwas näher tretend, leise:) Ich bedaure den Ausgang unseres Gespräches. Es war dumm von mir. Denk nicht mehr daran. Ich bin Dein Freund. Ich werde es bleiben. Das Vergangene bleibt begraben. Man muß das Leben nicht tragisch nehmen. — Adieu. (Er geht zur Thür und ruft hinaus:) Fritz! Eine Droschke. — (Er zieht sich den Mantel an.) Philippstraße 26, zwei Treppen, rechts.

Vorhang.

Zweiter Act.

Drei Wochen später.

Victor sitzt mit dem Rücken gegen das Publicum am Schreibtische vor ihm eine Studierlampe mit Schleier, sonst Halbbunkel im Zimmer. Der Hintergrund ist fast ganz dunkel. Victor ist über eine Arbeit gebeugt.

Carl tritt von rechts ein. Bei der herrschenden Dunkelheit und dem durchs ganze Zimmer laufenden weichen Teppich bleibt sein Eintreten fast unbemerkt. Langsam fast zögernd kommt er nach vorn. Er ist sehr ernst, etwas gebeugt und erscheint älter als im vorigen Act. Er geht zum Schreibtisch und bleibt einen Augenblick, Victor beobachtend, doch ohne von diesem bemerkt zu werden, vor demselben stehn. Dann geht er ebenso still nach rechts und läßt sich in einem Sessel nieder. Seine Stimme klingt müde.

Carl. Guten Abend, Victor.

Victor (schrickt zusammen, greift nach der Lampe und leuchtet nach rechts herüber:) Wer — Papa! Guten Abend. Du hier. Womit kann ich Dir dienen?

Carl. Bitte laß Dich nicht stören — arbeite ruhig weiter. Ich —

Victor. Bitte sehr. Das hat Zeit. Also?

Carl. Ach, gar nichts. Ich bitte Dich, bleibe nur dabei.

Victor. Aber — Du mußt doch — ich werde übrigens die Lampe dort hinüber stellen.

Carl (nervös:) Nein.. nein! Nicht doch! — Ich bin ja nur gekommen .. es ist so .. so einsam bei mir ...

Victor. Und weshalb gehst Du nicht in den Club?

Carl. Ich? — In den Club?

Victor. Nun ja, Du bist bald vierzehn Tage nicht mehr dagewesen. Fritz hat mir gestern ordentlich seine Noth geflagt. Er hält Dich für frank.

Carl (schweigt.)

Victor. Hat er vielleicht Recht? Bist Du nicht wohl?

Carl. O doch.

Victor. Nämlich nimms mir nicht übel — mir ist das auch schon aufgefallen. Ich finde, Du siehst gealtert aus.

Carl. Gealtert?!

Victor. Pardon! Ich meine nur . . .

Carl. Ja — ja — — ich weiß. Laß nur. Es wird schon so sein.

Victor. Hast Du vielleicht finanzielle Sorgen?

Carl. Bewahre. Wie kommst Du darauf? Brauchst Du etwas?

Victor. O nein. Das heißt: ich habe mir da heute ein Bild gekauft. Wenn Du die Güte haben wolltest, mir dreihundert Mark dafür zu bewilligen, könnt ich es gleich bezahlen.

Carl. Schön. Morgen früh, nicht wahr?

Victor. Jawohl, danke sehr. Ich habe ein gutes Gewissen, wenn ich darum bitte: ich werde nämlich von nächstem Monat an bedeutend sparen können.

Carl. Wie so.

Victor. Ich — ich breche mit Angele.

Carl (schweigt.)

Victor. Ich hab' sie gründlich satt.

Carl (schweigt.)

Victor. Ja. Und das merkwürdigerweise fast genau seit dem Tage, an dem wir uns — es ist ja nun wohl schon drei Wochen her — beinah um ihretwillen entzweit hätten. Und zwar obwohl Du die große Liebenswürdigkeit gehabt hast, meinem Wunsche zu entsprechen und nicht mehr morgens zu erscheinen. Uebrigens ist sie ja seitdem nur noch zweimal hier gewesen; seit bald vierzehn Tagen hab' ich sie überhaupt nicht mehr gesehen: dreimal hintereinander hat sie mir abgeschrieben. Das paßt mir natürlich nicht mehr.

Carl. Hm. Und weiter hast Du ihr nichts vorzuwerfen.

Victor. O doch. Gottseidank. Denn ich möchte doch um Alles gern vermeiden, mit ihr „in Freundschaft auseinanderzugehn". Da hab ich nun glücklicherweise die prachtvollste Gelegenheit, einen Bruch großen Stiles zu inscenieren Du kennst doch den Collegen Löwenthal, der auf der Penne mein Intimus war?

Carl. Ich glaube, ja.

Victor. Mit ihm zusammen hab ich die Angele kennen gelernt. Er hätte sie glaub ich auch ganz gern gehabt — jedenfalls interessirt ihn unser Verhältnis noch immer. Heute bekomme ich nun folgenden Brief von ihm. Hör mal zu: „Werther Ritter! Bade Dich und salbe Dich und lege Festtagskleider an Deinen Leib. Und mache Dich auf, gürte Deine Lenden und wandle zu Sigismund Löwenthal. Denn es gilt abzuthun den Aussatz, so Deinen Leib befleckete und er will Dir helfen: die große babylonische Dame, der da Beelzebub den himmlischen Namen Angela gegeben — siehe sie betrügt Dich sehr und ihr Geruch ist nicht fein vor dem Herrn. Ein Greis, dessen Haupt voll Silber, doch dessen Hände voller Gold, wandelt zu ihr so Tag wie Nacht. Noch haben meine Augen ihn nicht gesehn, doch ist solches sicherlich wahr und ist auch sicher, daß selbiger Greis ihr einen Palast gemietet hat, bestehend aus zween möblierten Zimmern und einer Kammer. Alles Nähere von Angesicht zu Angesicht heut Abend auf der bekannten Höhe der Situation, $7\frac{1}{2}$ Uhr.

Es segnet Dein Haupt

Sigismund".

Carl (erregt:) Geschmacklos!

Victor. Dieser Bibelstil?

Carl. Überhaupt die — die ethische Tonart.

Victor (überrascht:) „Ethische Tonart?"

Carl. Nun ja, ich finde das ekelhaft, cynisch . . .

Victor. „Cynisch!" Du findest etwas cynisch! Aber Papa . . . Verzeih, wenn ich lache: aber das ist doch wirklich zu drollig.

Carl. Ja — ja. Es mag sein. Ich fange an drollig zu werden. Wenigstens, diesen Euren Cynismus — verstehe ich nicht, mag ich nicht. Ich finde ihn geschmacklos. Vielleicht nur, weil Ihr noch jung seid. Als ich in Eurem Alter war, da — da — habe ich aus Liebe geheiratet.

Victor (nach einigem verlegenen Schweigen, ernst:) Hm — ich will ja auch bald heiraten.

Carl (laut auflachend:) Wunderbar! Wieder dieser großartige Gedankengang. Der scheint Euch doch wie Gußeisen im Gehirn zu liegen. Man heiratet — oder — man heiratet nicht. Einer weiteren Differenzierung seid Ihr nicht mehr fähig. Daß es einen Naturwillen giebt, der zwei besondere Menschen, zwei Einzelwesen, dieſen Mann und dieſes Weib zu einander führt, zu einander zwingt — und daß es Menschenpflicht ist, diesem Naturwillen nachzuspüren und ihm zu gehorchen — mit einer gewissen — gewissen Frömmigkeit des Fleisches —trotz aller Satzung und Gesellschaft . . . Von all dem wißt Ihr nichts. Ihr habt Eure Sinne stumpf und brutal werden lassen — dem Geschlechtsgenuß habt Ihr all seine feine Heiligkeit geraubt — das Gewissen Eures Fleisches habt Ihr getötet. — — Ihr liebt nicht mehr — Ihr befriedigt Euch, oder — heiratet. Ach das ist wirklich widerwärtig!

(Er geht rechts ab.)

Victor (kopfschüttelnd:) Unglaublich!

Fritz (bringt eine Karte:) Der Herr wünscht Sie zu sprechen.

Victor. Ich lasse bitten.

Fritz (ab, läßt Franz Kerner ein.)

Franz Kerner. Habe ich die Ehre mit Herrn Referendar Brandes —

Victor. Mein Name ist Brandes.

Franz. Kerner.

Victor. Bitte, mein Herr. (Er trägt die Lampe zum Sophatisch hinüber.) Nehmen Sie Platz. (Er klingelt.) Womit kann ich Ihnen dienen?

Franz. Ja — Sie müssen entschuldigen, Herr Referendar, nämlich (Fritz tritt auf.) ich komme in einer so zarten Angelegenheit zu Ihnen, daß ich . . .

Victor. Pardon! Einen Moment! (zu dem eintretenden Fritz:) Stecken Sie das Gas an, (zu Franz:) Verzeihung. Bitte.

Franz. Ja — ich sehe voraus, daß Sie sich über meine Offenheit wundern werden, aber . . .

Victor (zu dem beim Anstecken beschäftigten Fritz:) Alle sechs.

Franz. Mein Vater war Pastor.

Victor (der bisher nicht auf Franz gehört hat, überrascht und erheitert:) Ach nein!

Franz. Ja — auf dem Lande.

Victor (zu Fritz, der bei den Worten: „Mein Vater war Pastor" ebenfalls erstaunt zusammengefahren ist:) Schnell doch! — Also auf dem Lande?

Franz. Ja. Im Laufe des letzten Jahres sind jedoch meine beiden Eltern verstorben.

Fritz (geht rechts ab, sieht sich aber an der Thür noch einmal besorgt nach Franz um.)

Victor (leise, verlegen:) Oh . . .

Franz. Ich stehe nun selbständig da und besitze die Mittel, für den Fall, daß ich demnächst eine Anstellung erhalte, einen Hausstand zu gründen.

Victor. Anstellung? Sie sind — (auf die Karte sehend:) Ah der . . Sie sind der Predigtamtscandidat. Ah . . .

Franz. Ja. — Sie wundern sich vielleicht ein wenig, daß ich Ihnen all dieses sage. Aber, wenn Sie erfahren,

weshalb ich Sie aufsuche, werden Sie es — denke ich — be=
greiflich finden, daß ich Sie zunächst in meine persönlichen
Verhältnisse einweihe.

Victor (höflich:) Sicher! Sicher! Gewiß. Ich bitte Sie
Herr Candidat . . .

Franz. Es betrifft nämlich Fräulein Angele Buchwald.

Victor (behaglich lächelnd:) Ah — die Angele. Na?

Franz. Ja. Ich besuche nämlich häufig eine Familie,
die schon mit meinem Vater bekannt war: die Müllers.
Jenny Müller feierte vor etwa einem Monat ihre Hochzeit
mit dem Herrn Postsecretär Brotmann. Dazu war ich auch
eingeladen und bei der Gelegenheit habe ich Fräulein Buchwald
kennen gelernt.

Victor. Ich weiß, weiß!

Franz (erfreut:) Ach — sie hat davon erzählt!

Victor. Gewiß. Oefter sogar.

Franz. Und sie hat mir gleich so außerordentlich ge=
fallen. Es ist wirklich ein seltenes Mädchen.

Victor. Selten. So? — meinen Sie?

Franz. Ja. Ihr ernstes, selbständiges Wesen .. ihre herbe
Zurückhaltung und ihre klugen, überlegten Worte . . . Sie war
so etwas ganz Neues für mich. Ich habe an jenem Abend
gefühlt, daß mir doch noch recht viel fehlt und daß ein Mann
nicht meinen darf, er sei nun fertig, wenn er auch in Allem
ehrlich seine Pflicht gethan zu haben glaubt.

Victor. „Ergänzung der geschlechtlichen Einseitigkeiten,"
alte Geschichte.

Franz. Wie meinen Sie?

Victor. Oh nichts. Nur eine jener berühmten De=
finitionen der Ehe, wie wir Juristen sie deichseln. Aber bitte!

Franz. Der Ehe. Ja. — Und seitdem habe ich sie
dann sehr oft gesehen und habe sie immer lieber — immer
lieber gewinnen müssen. Sie hat Alles das, was mir fehlt
und ich glaube wirklich, wir würden uns sehr glücklich er=

gänzen. Auch besitzt sie eine viel größere Lebensklugheit, als ich.

Victor. Meinen Sie?

Franz. Ja. Und dabei hat sie doch ein tiefes Verständnis für meine einsam aufgewachsenen Gefühle.

Victor (leise für sich wiederholend, wie um sich hineinzudenken:) „Für meine einsam aufgewachsenen Gefühle"...

Franz. Ich bin zu Ihnen gekommen, Herr Referendar, in der Absicht ganz offen gegen Sie zu sein. So offen wie ein Mensch gegen den andern nur sein kann. Ich habe den Glauben, daß dies unsere Pflicht ist, und daß sich die Menschen viel Trübsal und viele Wirren ersparen könnten, wären sie alle so offen gegeneinander. — Ich muß Ihnen sagen, daß ich Fräulein Buchwald liebe — so innig — so innig... (Sein Gefühl will ihn übermannen. Er hält einen Augenblick inne.) Als ich zuerst erfuhr, daß Fräulein Buchwald mit Ihnen verlobt sei —

Victor. Verlobt?

Franz. Ja. Was...

Victor (für sich:) „Was sonst". (Laut leichthin:) Sie nehmen das Leben sehr ernst. Nun ja — und da?

Franz. Ich weiß ja, daß noch keine öffentliche, formelle Verlobung stattgefunden hat... aber trotzdem, als ich es erfuhr, da wurde ich sehr, sehr traurig. (Auf einen Blick Victors:) Ja. Ich konnte es mir nicht wegleugnen, daß ich nun einmal in ihr das Weib gefunden hatte, welches mir bestimmt sein mußte, wenn ich ein glücklicher Mensch werden sollte. Und — mir schien, als sollte ich das nicht. — — Ja. Und dann hatte ich einen noch viel größeren Schmerz zu erfahren. — Ich mußte erfahren — sie selber hat es mir unter blutigen Thränen gestanden, daß — daß sie sich schon jetzt, vor der Zeit Ihnen ganz hingegeben hat.

Victor (macht unwillkürliche heftige Bewegungen, bezwingt sich jedoch.)

Franz. Ich danke Ihnen, Herr Referendar, daß Sie mich so ruhig ausreden lassen.

Victor. Bitte sehr, ich höre Ihnen mit Interesse zu.

Franz. In jugendlichem, mir unfaßbarem Leichtsinn hat sie so schwer gefehlt. Aber auch Sie, Herr Referendar, haben Unrecht gethan.

Victor. Ich auch? — Ach so, ja.

Franz. Ja. In einem schweren Kampfe habe ich da mit mir gerungen. — Sollte, mußte ich mich nun von ihr los= sagen? Konnte ich länger ihr mein bestes, mein tiefstes Gefühl weihen? — Da hab ich mich erinnert, wie Luther uns ge= lehrt hat, daß die Ehe eine Forderung des natürlichen Lebens und nicht des geistlichen sei. Und ich empfand es als geistlichen Hochmut, dieses Verlangen des Mannes, daß die Vergangenheit des Weibes reiner sei als die eigene, ich durch= schaute diese Forderung und erkannte, daß sie keine sittliche, sondern eine egoistische sei, hervorgewachsen aus dem Boden einer traditionellen Gesellschaftsmoral, mit der wir Männer unsere thatsächliche Machtstellung zu sanctionieren verstanden haben.

Victor (springt auf. Als er sieht, daß auch Franz Miene macht sich schüchtern zu erheben:) Bitte, bitte, behalten Sie Platz .. bleiben Sie ruhig sitzen. Erlauben Sie mir nur, etwas auf und abzugehen. Ich bekomme kalte Füße. Es ist das ja kein Wunder — bei dieser Witterung. — Nun? Und da?

Franz. Da habe ich mit ihr geredet. Ich habe zu ihr gesprochen: erst als Mensch, meiner menschlichen Pflicht folgend, habe sie ermahnt, sie an ihre — (Ganz leise:) Weibes= ehre erinnert. Aber dann, als ich gewahrte, wie meine Worte auf fruchtbaren Boden fielen, dann habe ich mit ihr geredet, wie der Mann, der eine tiefe, unabänderliche Leiden= schaft empfindet, zu diesem Weibe, zu dem Weibe, welches ihm .. für welches er — bestimmt ist.

Victor. Rauchen Sie?

Franz (ohne ihn zu hören, mit überströmendem Gefühl aufspringend:) Sein Sie nun großmütig, Herr Referendar! Großmütig, wie Sie bisher gewesen! Sie haben sie, die blut=arm war, als Ihre Braut reichlich unterstützt. Sie haben das arme Mädchen aus niedrigen Verhältnissen erwählt, obwohl Ihnen doch sicherlich die Wahl zwischen reichen, jungen Damen von großer gesellschaftlicher Stellung freistand. Es muß Ihnen hart sein, sie jetzt zu verlieren, denn auch Sie müssen sie sehr geliebt haben. Aber ich — ich darf diese Seele nicht verlassen, die Gott für die meine geschaffen hat — sein Sie nun großmütig!

Schuldlos an der Wandlung in ihrem Herzen, hat sie es nun mir geschenkt. Und mir, dem lebensfremden, stets vereinsamten ist sie nun Alles — Alles . . .

O achten Sie Angele darum nicht geringer. Denken Sie: das arme, junge, unerfahrene, alleinstehende Mädchen . . wie die Dankbarkeit, die Bewunderung sie so ganz für Sie, ihren Beschützer, ihren wahren großmütigen Freund ein= nehmen mußte . . wie leicht, wie natürlich es war, daß sie diese Gefühle für Liebe hielt, (Wieder ganz leise:) für die Liebe, welche die Ehen heiligt. — (Steht auf.) Und denken Sie auch an Ihre Schuld. Verzeihen Sie — aber ich muß auch da= ran rühren. Müssen Sie sich nicht verantwortlich fühlen, wenn Angele jetzt, wo zum ersten Male die — echte, die wahre Liebe ihr Herz bereichert und bewegt — wenn sie jetzt — (Wieder mit gesenkter Stimme:) beschämt, mit gesenkter Stirne vor dem Manne ihrer Wahl dasteht?

Sein Sie großmütig, Herr Referendar! Sühnen Sie Ihre Schuld! Nehmen Sie die Schuld von ihr! Geben Sie Angele frei! Geben Sie uns das Glück! (Er steht zitternd vor Erregung und streckt beide Arme Victor entgegen.)

Victor (ist sehr ernst und verlegen geworden. Er faßt, einem plötzlichen Impulse folgend, Franz' Hände:) Ich . . beneide Sie! Es ist alles so einfach — so gut und so einfach . . . (Die Hände wieder loslassend, leise:) Und doch — Sie thun mir sehr — sehr leid.

Franz (ängstlich:) Wie — wie darf ich das verstehen?

Victor, (der ratlos nach links gegangen ist:) Ich schäme mich. Schäme mich vor Ihnen. Ich weiß nur nicht .. für wen? .. warum? (In nervöser Erregung:) Ich glaube, ich möchte Sie am liebsten — (Versucht zu lachen.) Aber — ich kann nicht.

Franz. Und können Sie nun nicht eben so offen gegen mich sein, wie ich es gegen Sie war?

Viktor. Nein — das ist es ja eben. — Ich besitze nicht die Qualification zum Henker. Ich bin feige ... Halt! (Nach der Uhr sehend.) Der College Löwenthal! Das wäre hier der Mann der Situation — ja — (Laut; möglichst leichthin:) Sagen Sie, lieber Herr Candidat — würden Sie sehr abgeneigt sein, unsere Unterredung zu verpflanzen? Sie könnten mir nämlich einen großen Gefallen thun. Ich habe halb acht ein Rendez=vous mit einem sehr lieben Freunde von mir, meinem Collegen Löwenthal — hier gleich in der Nähe, drei Häuser.

Franz (gekränkt, resignirt:) Ich will nicht im Wege sein.

Victor. Nein, nein — im Gegenteil, ich möchte Sie nämlich bitten, mitzukommen. Es handelt sich bei diesem Rendez=vous .. es handelt sich zufälligerweise — ebenfalls um — Angele.

Franz (erschrocken:) Um — Fräulein Buchwald? Mit Ihrem Herrn Collegen Löwenthal. —

Victor. Ja. Er schrieb mir, daß er mir über sie Mitteilungen zu machen hätte, die jetzt — nach Lage der Dinge Sie wohl ebensosehr, wenn nicht mehr interessiren dürften, als mich. — Sind Sie bereit?

Franz (nickt.)

Victor. Ich mache Ihnen den Vorschlag, daß wir ihm Ihre innere Beteiligung an der Sache zunächst nicht ver= raten, daß Sie vielmehr unserem Gespräch über Angele ruhig zuhören. — Die — na, sagen wir — „ethische Tonart" des Collegen Löwenthal dürfte uns manche Auseinandersetzungen ersparen. — Einverstanden?

Franz (tonlos:) Ja.

Victor. Verzeihen Sie einen Augenblick. Ich stehe sofort zu Ihrer Verfügung. (Er geht links ab.)

Franz (wankt; sinkt gebrochen in einen Sessel.) Also — doch! — O Gott! Mein Gott! — (Verbirgt den Kopf in die Hände.)

Victor (tritt, zum Ausgehen angezogen, wieder ein. Franz bemerkt ihn nicht. Victor, bewegt, auf ihn zu:) Lieber Herr Candidat! Es ist ja nur ein Weib. —

Franz (erhebt sich, blickt Victor groß an. Mit eigentümlicher Betonung:) Nur ein Weib. — Ja. —

Victor. Ist es Ihnen recht? Wollen wir gehen? (Öffnet die Thür.) Bitte.

Franz (ab, Viktor ebenfalls.)

Victors (Stimme draußen. Die Thür steht noch offen:) Naenblich! Konnten Sie denn nicht früher kommen? Ich erwarte Sie seit zwei Stunden. Jetzt hab ich keine Zeit mehr. Fritz, Sie werden das nun beaufsichtigen. Also genau an die Stelle. Sie werden den alten Haken benutzen können.

(Man hört das Murmeln anderer Stimmen, darauf:)

Fritz (riegelt den zweiten Thürflügel auf.)

Zwei Dienstmänner (tragen ein großes Ölgemälde hinein.)

Erster (rückwärts eintretend:) Ist ja nicht nötig. Jotte doch.

Fritz. Vorsicht! Langsam! Daß Sie nichts abstoßen.

Zweiter. Haben Sie nur nicht so'ne Bange, Männeken! So abstoßend sind wir nicht.

Erster. Holen Sie lieber die Himmelsleiter.

Fritz (ab.)

Erster. Hast Du noch einen?

Zweiter. Da! (Giebt ihm seine Flasche.) Halt! (Trinkt ebenfalls. Zu Fritz, der mit der Trittleiter wieder eintritt, die Flasche anbietend:) Alter Herr?

Fritz. Danke.

Erster. Na gieb her. Sein Herr trinkt besseren! (Trinkt aus und hält die Flasche hoch:) Wieder eine denaturirt!

Fritz. Na . . dalli! dalli!

Erster. Jotte doch. Sie glauben wohl, Sie sind hier

aufs Hürdenrennen, und Sie hätten man so anf'n Start zu webeln.

Friß. Na nun kommen Sie schon. Lassen Sie uns die Möbeln abrücken.

Zweiter. Wo soll denn det Leinöl hin?

Friß. Da übers Sopha.

Zweiter. Und die Tante da mit die Proppenzieher?

Friß. Die kommt eben runter.

Zweiter. Armes Luder — so'ne runtergekommene Tante .. (Das Bild betrachtend:) Die is noch jar nich mehr Mode. (Sie rücken das Sopha ab, stellen die Trittleiter an und nehmen das Bild ab.)

Friß (dreht das Gas aus.)

Zweiter (hebt das neue Bild dem Ersten in die Höhe. Das Bild stellt ein fast lebensgroßes, halbnacktes Weib dar, welches von einem alten Orientalen mit einer empfehlenden Geberde feil geboten wird.)

Friß (halblaut:) Auch nicht übel! Auch nicht übel.

Erster. Ihr Herr ist wohl Fleischbeschauer?

Zweiter. Schweig stille: die Sau ist trichinenfrei. Det laß ick mir jefallen! (Schnalzt.)

Friß. So — fertig. Schön. (Rückt mit ihnen die Möbel wieder zurecht.)

Zweiter. Na, guten Abend, alter Herr.

Erster. N'Abend.

Friß. Halt! Das alte Bild kommt nach hinten.

Erster. Ach so: die Tante. (Sie tragen das Bild hinaus, Friß folgt ihnen mit der Trittleiter. Sie lassen die Thür offen stehn) —

Angele (tritt schnell durch die offene Thür.) Na nu .. Alles offen .. und niemand da? (Unruhig auf und ab.) Ach — mir klopft das Herz. — — Ach was! — - Mehr als — und ich will ja grade . . . Das heißt . . .

Carl (erscheint in der Thür:) Was suchst Du hier?

Angele (zusammenfahrend, aber schnell gefaßt:) Dich. — Guten Abend, sagt man.

Carl (tritt ein und schließt die Thür hinter sich, leise, ernst:) Hab

— 39 —

ich Dir nicht ausdrücklich verboten, mich zu Hause auf-
zusuchen?

Angele. Mein Gott, sei doch nicht so unfreundlich.
Ich habe eben eine besondere Ursache. So setz Dich doch nur
erst mal hin.

Carl. Also Dein Besuch gilt nicht Victor?

Angele. Wenn Du in diesem Tone weiter sprechen
willst, werde ich gehen. — Willst Du Dich also setzen?

Carl. Gleich. (Er geht zur Thür rechts und öffnet dieselbe schnell.
Fritz, der davor gestanden hat, wird gestoßen:) Geh nach Rexhausen
und hol die Cigaretten ab, die ich gekauft habe. (Schließt die Thür
und setzt sich.) Bitte sprich Dich aus.

Angele (befangen:) Ich - hätte es Dir doch lieber
schreiben sollen. Du bist so — so kalt.

Carl. Kalt. Hm.

Angele. Und Du bist doch sonst so... Du hast mich,
obwohl wir uns erst kurze Zeit kennen, so ganz anders —
so — achtungsvoll — so nett behandelt. Ich hatte das von
Dir am wenigsten vermutet. So ganz anders, wie - wie
die andern...

Carl (zwischen den Zahnen:) „Wie die andern". (Mit einem tiefen
Seufzer:) Ja! — Leider! Ich muß. Ich kann nicht.. Senile
Velleitäten.

Angele. Ich habe es stets dankbar herausgefühlt.
Und - die Menschen sind doch immer nur, was man aus
ihnen macht.

Carl (weich:) Liebe Angele! Wie freue ich mich, wenn
ich Dich so sprechen höre. Sieh, das ist ja, was du fühlen
sollst. Selbstachtung. Weißt Du, was das heißt: Selbstachtung?

Angele (nickt.)

Carl (rückt ihr näher und faßt ihre Hand. Mit leiser, weicher Stimme:)
Siehst Du. Nur das will — ich). Weiter nichts. Das
hab ich ersehnt, erhofft. Darauf hab ich gewartet und wollte

noch lange, lange warten ... Du liebe ... (Er küßt ihre Hand.)
Und weshalb bist Du zu mir gekommen, mein liebes Kind?

Angele (abgewandt:) Ich will weg.

Carl. Wie?

Angele. Ich will fort.

Carl. Fort? Was heißt das? Fort von Berlin?

Angele. Ja.

Carl. Fort von mir!

Angele (schweigt.)

Carl. Unmöglich! Und eben sagtest Du noch .. Angele!

Angele. Ja — ich sagte, daß Du — daß Du aus mir eine andere gemacht hättest. Und .. das schien Dich zu freuen.

Carl (höhnisch:) Ah — jetzt versteh ich. Also daher die Comödie. Hm. — „Zu neuen Ufern lockt ein neuer Tag"... So, so. Wer ist denn der Glückliche, wenn ich fragen darf?

Angele. Carl —

Carl. Na — na — na, laß nur. Es ist gut. Ich verzichte. (Er steht auf. Gezwungen kalt:) Also bitte, laß Dich nicht abhalten. Meinetwegen reise, wohin Du willst. Wünschest Du noch Geld? Es steht Dir zur Verfügung. — — Es thut mir außerordentlich leid, meine Theure, Dich nun entbehren zu müssen. Auch Victor wird es möglicherweise noch leid thun, wenn Du jetzt schon freiwillig gehst. Und wem mag es noch leid thun — was weiß ich — man verläßt eine Stadt wie Berlin nicht leicht, ohne sich viele Freunde gemacht zu haben. — Schade! Wir haben vergnügte Stunden mit Dir verlebt. — Aber schließlich — müssen wir uns in das Unvermeidliche fügen. D. h. Pardon! Ist es wirklich so unvermeidlich? Überleg es Dir! Vielleicht ließe sich auch hier wieder das — das Nützliche mit dem Nützlichen vereinen — he?

Angele. Oh — Carl —

Carl. Du weinst, wie es scheint. Sonderbar. Wie machst du das? Pah! die Natur ist selber eine Dirne. Mich hat sie aus frivoler Laune zu dem possenhaften Loose verurteilt: wieder und wieder — verachten zu müssen, wo ich liebe — lieben zu müssen, wo ich verachte! O Gott — Worauf wartest Du noch?

Angele (erhebt sich und geht langsam zur Thür nach rechts.)

Carl (sieht ihr mit steigender Angst nach. Als sie hart vor der Thür steht, im höchsten Affect:) Angele!

Angele (bleibt abgewandt stehen.)

Carl (eilt auf sie zu, führt sie zu einem Sessel und wirft sich vor ihr nieder:) Du darfst nicht gehen! Du darfst nicht gehen! Mein! Du bist mein! Du gehörst mir! Ich will Dich be= halten .. ich ... Habe doch Mitleid, Kind! Nur Mitleid! Tritt mich mit Füßen, mißhandle mich, mache mit mir, was Du willst, fordre, was Du zu denken vermagst — aber laß mich bei Dir, bei Dir: stoß mich nicht von Dir. Ich fühl es: Du bist das letzte Weib, das mich so entzücken kann — das letzte Weib. Nach Dir ist nichts — das leere Alter — der Tod ... Angele!

Angele (geschmeichelt lächelnd, legt die Hand auf seinen Kopf. Gut= mütig:) Carl! Steh doch lieber auf. Wenn Dich jemand so sieht.

Carl. Nein — laß mich. So hab ich Dich. So halt ich Dich. O bleibe bei mir Angele. Stoß mich nicht von Dir! —

Angele. Ich wollt es ja auch lieber nicht. Aber wenn Du mich verachten mußt ...

Carl. Ich Dich verachten! Höre doch nicht darauf: es ist ja Thorheit, lächerliche Ueberhebung, wenn ich so etwas sage. Wo nähme ich die Kraft her, die wir brauchen, um zu verachten. Ich — was bin ich neben Dir! Du das herr= liche, üppige, reife Weib, die Gebieterin, die Alles fordern darf — und ich — ich — (Verbirgt seinen Kopf in ihrem Schoß.)

Angele (erschreckt, verschüchtert:) Aber Carl — mein lieber Carl ...

Carl (sanft halblaut:) O ja, nenne mich so. Nenne mich „mein lieber Carl." Und lüge nicht dabei, Angele. Hörst Du: lüge nicht dabei. Sieh: es ist so unendlich rührend, wenn Du, Du so gut und freundlich zu mir sprichst. Dann wird es mir, als hätt' ich mich doch im Leben geirrt, als hätte mich doch vielleicht auf Erden jemand lieb. — — O Gott: und wenn es nur eine Täuschung ist, es ist so schön — so schön . . .

Angele (ihn streichelnd:) Mein lieber Carl! So weine doch nur nicht. Es ist ja keine Täuschung. Ich habe Dich ja wirklich lieb. Viel, viel lieber als ich je einen anderen Mann gehabt habe.

Carl (schaut sie groß an:) Ist das vielleicht — wahr?

Angele. Ja!

Carl (richtet sich langsam auf, blickt sie fest an und faßt ihre Hand:) Du — hättest mich lieb?

Angele (aufrichtig, aus vollem Herzen:) Ja!

Carl. Und weshalb wolltest Du von mir gehen?

Angele, (welche bis dahin den groß auf sie gerichteten Blick Carls ruhig erwidert hat, schlägt die Augen nieder und wendet sich verlegen ab.) Weil ich — ja, es ist das so schwer zu sagen. Und es ist doch so einfach. Ich fühlte, und Du sagtest es ja auch), daß Du . . daß Du mich verachten müßtest und das . . das kann ich nicht ertragen. Das quält mich. Und weil Du nicht anders kannst — muß es auch Dich quälen. — — Und da meinte ich: es wäre wohl das Beste . . wenn ich ginge.

Carl (blickt schweigend, ernst prüfend auf sie nieder.)

Angele, (deren Hand er noch immer hält, vermeidet es ihn anzusehen.)

Carl (nach einigem Schweigen:) Sieh mich an, Angele.

Angele (sieht zu ihm auf.)

Carl. Und nun antworte mir: ist es wirklich nur dies, was Dich von mir treibt?

Angele (mit einiger Anstrengung:) Nur dies.

Carl. Nichts Anderes?

Angele. — Nein.

Carl. Angele! Höre mich jetzt an. Ich will Dir glauben. Ich muß Dir glauben. Bedenke: was das heißt! — — Ich habe Liebe gesucht. Ich habe eine Frau zu meinem Weibe gemacht, welche ich liebte, inbrünstig mit aller Hingebung meiner Jugend. Sie hat mich betrogen. Ich selber aber — bin zum Wüstling geworden, zum Cyniker, der sich zwang, die Weiber zu genießen wie die Austern und den Burgunder . . . Dann aber nachdem ich Dich meinem Sohne weggenommen hatte, wie eine Sache, an der man kein Eigentum anerkennt, — als ich Dich kennen lernte, Dich be= saß und Du mich entzücktest, wie nie ein Weib zuvor — da war es, als ob der gewonnene Genuß nur eine neue reinere Begierde erweckte, da ist meine Ruhe, meine Selbstbehaglich= keit, all meine Sicherheit vernichtet worden und die alte un= endliche, unbändige Sehnsucht nach Leidenschaft und Liebe, die ist aus meinem Herzen wieder emporgebrochen, hat mich aufs neue beseligt und gemartert und noch einmal hab ich mich ihr hingegeben — hingegeben mit der — mit der — mit dieser zähen Sucht, dieser . . . Weißt Du nun, was es heißt: ich glaube Dir? —

Angele (schüchtern:) Ja. —

Carl (beugt sich nieder und küßt sie auf die Stirn:) Mein Weib! — Nun wird Alles so gut werden. So einfach. Nun werden wir beide Berlin verlassen, denn hier . . .

Angele. Ja, ja, laß uns gleich morgen reisen — ja?

Carl. Gleich morgen — ja.

Angele. Mein lieber Carl!

Carl. O Du . . . (Man hört draußen eine Thür gehen.) Halt! Das könnte Victor sein. Komm! Rasch! Durch das Schlaf= zimmer hinaus.

(Beide eilen links ab. In dem Augenblick, wo Carl die Thür schließt, öffnet Victor die Thür rechts und läßt Franz Werner eintreten. Dann folgt er nach.)

Carl (tritt von links wieder ein:) Verdammt! Die Thür ist verschlossen. (Er läßt die Rechte auf der Thürklinke ruhn und bleibt so stehen.)

Victor, (nachdem beide eingetreten sind, ohne Carl zu bemerken, freundlich zu Franz:) Setzen Sie sich nun, lieber Herr Candidat und beruhigen Sie sich. Sie ist das wirklich nicht wert.

Franz (bleibt stehen und starrt verlegen Carl an.)

Victor (folgt seinem Blick und entdeckt nun ebenfalls Carl:) Ah — a ist er ja! (Lachend:) Guten Abend, Papa! Das ist famos! Darf ich Dir Deinen Collegen, den Herrn Pfarramtscandidaten Kerner vorstellen!

Franz (mit tiefer Verbeugung:) Sehr angenehm!

Victor (brutal:) Wirklich? Ei verflucht! Na ja, solamen miseris socios habuisse malorum — ja — ja! Ach was, lassen Sie mich nur ruhig lachen und spotten. Mein Vater verträgt's — und Sie — stählen Sie sich in diesem Lachen, das nicht ich allein, das mit mir die ganze Welt lacht — stählen Sie sich in ihm wie in einer kalten Douche. (Ironisch, feierlich:) Vater — Du bist erkannt! Der Collège Löwenthal hat Dich zur Strecke gebracht. Du bist der Greis, dessen Haupt voll Silber, doch dessen Hände voller Gold und wandelst zu ihr so Tag wie Nacht.

Carl (vornehm:) Wenn Du mit diesen geschmacklosen, in Gegenwart dieses fremden Herrn doppelt tactlosen Äußerungen auf meine Beziehungen zu Fräulein Angele Buchwald anspielst, so verbiete ich Dir hiermit jedes weitere Wort. — Ich schätze Fräulein Angele Buchwald sehr hoch, sie wird vielleicht bald meine Frau heißen und ich denke, daß ich der Mann sein werde, ihr als solcher Respect zu verschaffen. Freilich werden wir Dir und Deinesgleichen mit Vergnügen das Feld räumen und schon morgen Berlin verlassen. Die Welt ist Gottlob größer und Dein Milieu nicht das Einzige.

Victor. Ich halte das für einen etwas frostigen Scherz.

Carl (aufbrausend:) Scherz!? Junge — nimm Dich vor meinem Ernst in Acht. Sie wird als Deine Mutter gelten mit demselben Rechte, mit dem ich als Dein Vater gelte. Du wirst das anerkennen und schweigen. (Indem er die Thür auf= reißt:) Komm heraus Angele! Wir brauchen uns nicht zu verstecken. Wir haben nichts zu scheuen, denn wir haben den Mut unserer — unserer Liebe.

Angele (tritt merklich selbstbewußt ein. Als sie jedoch Franz Kerner erblickt, stößt sie einen Schrei aus und wankt zurück. Carl eilt zu ihr.) Victor. Au weh: Das hat sie nicht vermutet.

Carl (gleichzeitig:) Was ist -- was ist Dir denn?

Franz (vortretend:) Nur ein paar Worte, Herr Brandes. Die Wahrheit sehen —

Angele (ihn wild unterbrechend:) Hör ihn nicht! Laß uns gehen! Gleich! Schnell! Er lügt. Er ist verrückt! Ich will Dir das später alles erklären — laß uns gehen! (Sie will ihn mit sich ziehen.)

Carl (fest:) Nein. Ich muß ihn . . .

Angele (außer sich:) Carl! Nein! Du darfst ihn jetzt nicht hören! Später! Glaube mir doch! Traue mir doch! Hast Du mir nicht eben erst versprochen, daß Du mir glauben willst. Hast Du nicht . . .

Carl (mit einem düstren Blick auf sie:) Laß ihn sprechen.

Franz. Dieses Mädchen ist meine Braut. Das heißt: sie war es. Denn nun habe ich wohl erkannt, daß sie eine verworfene, eine herzlose Dirne ist, die mit den Männern ihr Spiel trieb und schließlich glücklich das ihr Begehrens= werteste erreicht zu haben scheint, da ihr der Reichste von uns die Hand zur Ehe bietet. Auch ich hatte ihr die Ehe ver= sprochen und schon in wenigen Tagen wollte ich mit ihr Berlin verlassen, sie auf das Land — in meine Heimat — in mein Vaterhaus führen. Da ist sie noch vorher zu Ihnen ge= gangen, sie hat sehen wollen, ob von Ihnen nicht vielleicht doch etwas noch besseres zu erreichen sei und ich denke mir,

daß sie gerade durch die Drohung, fortzugehen, Sie dazu ge=
bracht hat, ihr auch eine solche Versprechung zu machen,
wie ich.

Carl (seine fürchterliche Aufregung niederkämpfend, zu Angele zwischen
den Zähnen durch:) Nun?

Angele (wirft sich ihm zu Füßen:) Mitleid, Carl! Habe Er=
barmen! — Es ist wahr, ja, es ist wahr, was der Mann
spricht .. aber trotzdem, — hörst Du, trotzdem, ich habe Dich
lieb — nur Dich! Das hab ich nicht gelogen .. das nicht —
ich fühl es erst jetzt .. oh Carl!

Carl (hat bei den Worten „nur Dich‟ aufgelacht. Er lacht weiter,
stärker, lauter ...) O ich .. ich .. ich — Also richtig beinah
wieder auf den Leim gekrochen. — Ich werde doch auch nicht alle.
(Munter, leichthin zu Franz:) Ich danke Ihnen, mein Herr, für
Ihre gütige Aufklärung. (Ihm die Hand schüttelnd:) Ich danke
Ihnen herzlich! — Aber so steh doch auf Angele. Es ist ja
schon gut. Es thut Dir Keiner was. (Angele erhebt sich.) Man
muß das Leben nicht tragisch nehmen, Kind. Was? Thut
mir ja leid, daß du nun nicht Frau Pastor wirst -- aber,
du lieber Gott, wer weiß ob's Dir auf die Dauer gefallen
hätte. So bleibst Du nun hier in dem großen, amüsanten
Berlin und wenn Du nichts dagegen hast, bleiben wir auch
gute Freunde. Wie? — Wir werden uns schon arran=
giren .. he?

Angele (schüttelt den Kopf.)

Carl. Du willst nicht?

Angele. Nein.

Carl. Weshalb nicht?

Angele. Ich kann nicht.

Carl. Du kannst nicht. Schön. Dann geh.

Angele (sieht fragend zu ihm auf.)

Carl. Nun ja so geh doch).

Angele. Wohin?

Carl. Wohin! Welche Frage! Auf die Straße. Wohin denn sonst.

Angele (sieht ihn an. Er weicht ihrem Blick aus.) Ja — das — kann ich. (Sie geht langsam nach rechts ab. Alle drei verharren noch einen Augenblick, nachdem sie die Thür geschlossen hat, in gespanntem Schweigen. Dann plötzlich:)

Franz (auffahrend:) Nein! Nein! das darf nicht . . das . . (Er greift nach seinem Hute:) Verzeihen Sie. Adieu! (Er eilt rechts ab.)

Victor (lacht.)

Carl (die Achseln zuckend:) Immer wieder dasselbe!

Ende.

Soeben erschien:

Fedor Dostojewski
Der Idiot.

(Verfasser des „Raskolnikow".)

Drei starke Bände. Preis eleg. geh. Mk. 12,—,
eleg. geb. Mk. 15,—.

———

Spannungsvolle Handlung und Tiefe der psycholo-gischen Darstellung vereinigen sich in diesem Romane mit köstlichem Humor und meisterhafter Schilderung der sozialen Zustände in dem neuen Rußland. Der Autor führt uns in alle Schichten der Gesellschaft und stellt die hervorstechendsten Typen derselben mit überraschender Treue vor unsere Augen. In der sympathischen Erscheinung des Titelhelden, dessen Herzensgeschichte in ihrer Tragik auf den Leser tief ergreifend einwirkt, hat Dostojewski eine seiner fesselndsten Gestalten geschaffen. In künstlerischer Beziehung ist der „Idiot" die beste durch Ebenmaß in der Composition besonders ausgezeichnete Arbeit Dostojewski's. **Für Aerzte und Psychologen liefert dieses Werk eine Fülle des anregendsten Stoffes.**

——————•——————

Kroll's Buchdruckerei, Berlin S.

www.ingramcontent.com/pod-product-compliance
Lightning Source LLC
Chambersburg PA
CBHW021246260626
47172CB00002B/859